Grandes pasitos

La fiesta del baño

Beascoa

¡Hola! ¡Me llamo Marena!
¡Y ayer fue mi cumpleaños!

Como soy una sirena,
lo celebré... ¡dando baños!

Mis amigos, uno a uno,
¡se vinieron a bañar!

Pero quizá faltó alguno...
¿Lo vamos a comprobar?

Se bañó la cuchara.
Se bañó el tenedor.

¿Se bañó la flor?

¡Sí!
¡Y salió así!

Se bañó la mamá.
Se bañó el bebé.

¿Se bañó el señor pie?

¡Sí!
¡Y salió así!

Se bañó el círculo.
Se bañó el cuadrado.

¿Se bañó el helado?

¡Sí!
¡Y salió así!

Se bañó la tarta.
Se bañó el globo.

¿Se bañó el lobo?

¡Sí!
¡Y salió así!

Se bañó el color azul.
Se bañó el color rojo.

¿Se bañó el piojo?

¡Sí!
¡Y salió así!

Se bañó el elefante.
Se bañó el león.

¿Se bañó el corazón?

¡Sí!
¡Y salió así!

Se bañó la bicicleta.
Se bañó el coche.

¿Se bañó la noche?

¡Sí!
¡Y salió así!

Se bañó el caballo.
Se bañó la vaca.

¿Se bañó la caca?

¡Sí!
¡Y salió así!

Se bañó el jabón.
Se bañó el champú.

¿Te bañaste tú?

¡Sí!
¡Y salí así!

Pega aquí una foto tuya
al salir del baño.

¡La fiesta ya ha terminado!
Y mi gato… ¿se ha bañado?

¡Sí!
¡Y aún sigue ahí!

Con su esponja y con su pato,
¡le gusta el baño hasta al gato!

Para Nacho Tejedor, que lleva siempre la fiesta puesta.
Sobre todo, la fiesta de la imaginación.
V. P-S.

A mis bebés, Jara y Leo; vosotros hacéis que yo dé grandes pasitos.
Gracias por vuestra paciencia, os quiere vuestra mamá novata.
S. S.

Papel certificado por el Forest Stewardship Council®

Primera edición: febrero de 2023

© 2023, Vanesa Pérez-Sauquillo, por el texto
© 2023, Sara Sánchez, por las ilustraciones
© 2023, Penguin Random House Grupo Editorial, S.A.U.
Travessera de Gràcia, 47-49. 08021 Barcelona

Penguin Random House Grupo Editorial apoya la protección del *copyright*.
El *copyright* estimula la creatividad, defiende la diversidad en el ámbito de las ideas y el conocimiento,
promueve la libre expresión y favorece una cultura viva. Gracias por comprar una edición autorizada
de este libro y por respetar las leyes del *copyright* al no reproducir, escanear ni distribuir ninguna
parte de esta obra por ningún medio sin permiso. Al hacerlo está respaldando a los autores
y permitiendo que PRHGE continúe publicando libros para todos los lectores.
Diríjase a CEDRO (Centro Español de Derechos Reprográficos, http://www.cedro.org)
si necesita fotocopiar o escanear algún fragmento de esta obra.

Printed in Spain — Impreso en España

ISBN: 978-84-488-6368-5
Depósito legal: B-22.371-2022

Impreso en Índice, S.L.
Barcelona

BE63685